푸른 시인선 018

# 비 내리는 오월의 정원

나동환 시집

 푸른생각
PRUNSAENGGAK

푸른시인선 018

# 비 내리는 오월의 정원

초판 1쇄 인쇄 · 2019년 8월 6일
초판 1쇄 발행 · 2019년 8월 20일

지은이 · 나동환
펴낸이 · 김화정
펴낸곳 · 푸른생각

편집 · 지순이 | 교정 · 김수란
등록 · 1999년 7월 8일 제2−2876호
주소 · 서울시 마포구 토정로 222, 402호(신수동, 한국출판콘텐츠센터)
대표전화 · 031) 955−9111(2) | 팩시밀리 · 031) 955−9114
이메일 · prun21c@hanmail.net
홈페이지 · http://www.prun21c.com

ⓒ 나동환, 2019

ISBN 978−89−91918−75−7   03810
값 12,000원

푸른생각은 도서출판 푸른사상사의 자회사입니다.

비 내리는 오월의 정원

나는 나의 생각을 몰고 바다로 갔다. 어느 해안가의 더
이상 갈 수 없는 절벽 앞에서 바다를 바라보았다. 새로로
선 절벽 아래는 나의 생각이 서 있었고 바닷물에 살짝 잠
긴 조약돌은 나의 생각처럼 선명한 무늬를 드러내고 있었
다. 백사장의 모래알들은 나의 발등을 덮으며 햇빛에 반짝
거렸는데 은모래라고 해야 할지 금모래라고 해야 할지 나
의 생각이 망설이고 있는 동안 나의 의지는 은모래보다는
금모래 편으로 기울었다. 내가 '아! 금모래!'라고 불렀을 때
대답 대신 금모래는 찬연한 눈빛 윙크로 반짝였다. 나는
절벽과 바다 이야기를 나의 생각 속에 모두 담아보기로 했
다. 예컨대, 이런 것들. 이 세상에 혼자서는 생각할 수 없
고 도드라질 수 없는 유무형의 상대적 존재들, 이들에게로
달라붙는 금모래 알처럼 알알이 작은 반짝임들을 하나의
큰 조합으로 이루어 찬연한 빛을 내뿜는 개념들. 현상으로
드러나는 조약돌처럼 선명한 생각의 무늬들. 수직과 수평,
불안과 평안, 가로와 세로, 수평선과 하늘 그리고 나의 생

각에 생각을 더해 생각하는 가장 낮은 몸으로 수평선을 긋고 하늘을 우러러보고서야 하늘에 닿는 바다!

나는 오랜만에 절벽과 바다 이야기처럼 담아둔 나의 시심들을 모아 한 권의 작은 시집으로 엮어 세상에 내놓게 되었다. 부족한 이 시집의 출간을 위해 그동안 수고하신 푸른사상사 편집진과 기꺼이 출간을 허락해주신 한봉숙 대표님 그리고 작품 해설로 빛나는 날개를 달아주신 전기철 교수님께도 감사드린다.

2019년 초여름

나동환

■ 시인의 말  5

## 제1부  투유

## 제2부 풍경과 현상

## 제3부 이 세상의 슬픈 시간들

## 제4부 절벽과 바다 이야기

제 1 부

투유

# 봉수대
— 남산 봉수대에서


하늘 푸른 낮에는 머리채 풀어 흔들듯이
토끼 똥 타는 연기 모락모락 피웠겠지요
하늘 까만 밤에는 총총 뜬
사탕별 아삭아삭 씹으며
불꽃 활활 치솟아 올랐겠지요
어디로부터의 환한 번짐이었을까요
초긴장의 시간을 곤두세우고
기다랗게 이어온 그대를 향한 사모
텅 빈 항아리 속 공명처럼 울리고
바람에 흩어지네요
성곽 안에 가두어진 내 심장은
가장 높은 고동의 정점에서
그대에게 봉수를 올리라고 하네요
그대에게 보내는 내 마음의 급보
봉수를 몇 개나 올려야 하나요
먼 데서도 그대가 한눈에 알아챌 수 있도록
낮에는 희뿌연 연기처럼
내 사모의 머리채 풀어 푸른 하늘에 날리고
밤에는 내 심장 한복판을 뚫어
뜨거운 사랑의 화염 그대에게 내뿜겠어요

# 봄이 오는 소리

큰 강물이 흘러든 샛강에는
아직 얼음이 풀리지 않았다
산벼랑 나목 사이에는
가랑잎이 수북이 쌓였다
약한 바람에도 곧잘 뒹굴던
가벼운 것들이 한곳에 모여
무거운 침묵으로
샛강을 내려다보고 있다
우수 지나 천둥소리처럼
만물의 겨울잠을 깨운다는
경칩 날은
아무 소리도 나지 않았다
나는 조심스레
낮은 강둑길을 걸어서
청색 수면 선까지 얼음 언
작은 동력선이 있는
선착장에 이르렀다
수양버들이 파란 물을

뿌리에서 실가지로
끌어올리고 있었다
봄이 오는 소리가 꿈결처럼
침묵 속에서 그렇게
고요히 들려오고 있었다

# 산벗나무

산벗나무 꽃망울 붉네
저녁노을 물든 자리
산벗나무 꽃망울 맺혔네
시한성 폭약 같은
사랑 가득 담고
그리움 조급한 듯
가슴 볼록 꽃망울 위태하네
이 꽃망울 터지면
흰 꽃술 숱하게 피어
저 무거운 하늘
거뜬히 떠 일 수 있겠네
사랑의 하얀 영토
꽃그늘 아래
꽃사슴 또래 산짐승들 모여
여린 풀꽃잎 고소한 맛
얘기하겠네
흰 구름도 여기
살포시 내려앉아

하루 종일 뒹굴다 가겠네

산벚나무

지금은 사랑의 꽃술

그리움으로 감싸고

꽃망울 붉히며

나목으로 서 있지만

사랑의 하얀 영토 꿈꾸며

가슴 부푸네

# 투유

4월의 봄비가 내리네
강변 카페 뮤직박스에서 〈투유〉* 흘러나오네


'네게 달려갈게 네가 내게 다가온 그날처럼'


오래된 느티나무 파릇한 이파리 사이로
너는 어린 벚나무 꽃가지처럼 봄비를 맞으며
내게로 다가와 환한 웃음이 되어주었지
강물 위에는 너의 환한 웃음소리가
톰방톰방 봄비처럼 떨어지며
작은 동그라미를 수없이 그리고 있었지
그 작은 동그라미들이 던져주는 의미는
무엇이었던가?
낡은 2층 카페 담쟁이덩굴은
여린 두 손을 쫙 펴듯
파릇한 이파리를 한 잎 두 잎 붙여가며
끝을 알 수 없는 흰 벽을 타고 올라갔었지
그날 봄비에 젖은 연둣빛 실버들 가지는

어깨 밑까지 흘러내린 너의 긴 머리처럼
강물 속에서 사랑의 깊이만큼이나 고요한
물그림자가 되어 거꾸로 서 있었지

우리는 강변 커피 테이블에 앉아
물그림자를 가만히 들여다보며
연한 커피를 마셨고
흰 부엉이 인형은 벽에서
그런 우리를 커다란 눈으로 지켜보고 있었지
우리는 사랑의 몸짓 언어 외에는
아무런 이야기도 하지 않고
그저 서로의 눈만을 마주쳤지

'두 눈을 마주치고 나면 세상에서
가장 밝게 웃어줘'

오늘도 그날처럼 4월의 봄비가 내리네
봄비를 맞으며 어린 벚나무 꽃가지가

그날의 너처럼

내게 다가와 환한 웃음이 되어주네

봄비는 그 환한 웃음소리를 스며서

강물에 떨어뜨리며

작은 동그라미를 수없이 그리네

오늘도 그날처럼

나는 작은 동그라미가 던져주는 의미를

곰곰이 생각하고 있네


'우리가 함께했던 시간이 떠올라

네게 달려갈게 네가 내게 다가온 그날처럼'


4월의 봄비가 내리네 '투유',

닫힌 카페 창문을 빠져나와 강물 위에 흐르네


* 〈To You〉: 도티, 잠뜰, 쵸쵸우의 노래. 작곡 Eunoh, 편곡 Eunoh,
  작사 월보.

# 풀밭

비스듬히 꽂힌 지진 관측소
표지판이 현기증을 일으킨다

밤새도록 달만 보다 그리움 게워낸
달맞이꽃 노랗다

밤하늘 헛디딘 별 떨어져
청색 나비처럼 앉은 닭의장풀 꽃
풋참외 향내 같은 과거를 맡는다

슬픈 사랑의 가슴앓이 응집된 이슬
깨질 듯 위태한 아침에
가느다란 풀벌레 울음소리
풀뿌리 끝마다 눈물처럼 스며들 때

햇빛 한 가닥 풀밭을 기웃거리며
영혼의 잔영 같은 풀 그늘 흔든다

# 비 내리는 오월의 정원

산속에 있는 마루 534 카페

네모난 투명 유리창 프레임으로

비 내리는 오월의 정원을

내다보았다

카페의 조명등 불빛이

무선에 매달린 연등처럼

비 내리는 오월의 정원에

원의 입체로 떴다

빗방울이 테라스 마룻바닥에

원을 그리며

파란 잔디밭으로 튕겨나가고

나무와 꽃들은

내리는 비에 촉촉이 젖어

다소곳하고 청순한 자태였으니

비 내리는 오월의 정원은

원의 파동이 출렁이는 원융무애*

깨달음의 마음자리처럼

아무런 걸림도 없이

진리가 빛나는

파란 파라다이스였다

자연의 모든 존재는

0차원의 한 점

그 미세입자로부터 생성되고

시간의 흐름에 따라 1차원의 선,

2차원의 면, 3차원의 입체,

4차원의 초입체로 형성되어가는

그러나 그러다가 또다시

생성의 원점으로 되돌아가는

끊임없이 윤회하는

원의 파동 같은 것이거늘

나는 머그잔에 담겨 있는

따끈한 아메리카노를 마시며

비 내리는 오월의 정원을

소중한 생명의 근본처럼

내 마음자리에 담고

원의 파동을 느꼈다

그때 원의 파동이

둥근 구의 형태를 띠고 사라지듯

이슬처럼 엉긴 빗방울이

유리창에서 도르르 흘러내렸다

고요한 깨달음이

내 마음자리에 퍼져나갔다


* 원융무애(圓融無礙) : 모든 존재가 서로 방해됨이 없이 일체 되어
   융합한다는 불교의 이상적 경지를 말함.

# 난

당신은 고운 모습 그대로 푸르름입니다
내 마음에 당신의 푸르름이 묻어 옵니다
오만과 영욕으로 얼룩진 혼탁한 세월에도
당신은 언제나 푸르름으로 고운 모습입니다
당신은 가장 치솟는 듯할 때 겸손하고
당신은 가장 뻗치는 듯할 때 고결하게
푸르름의 매무새를 곱게 다듬고 있습니다
따스한 볕이 쏟아지는 아침
저편에서 실바람이 불어오고
잔잔한 호수에 은빛 파문이 일 때면
당신은 내 마음의 원천에
사랑을 부어 범람시키고 청포를 단 돛배로
은은히 다가오는 밀어의 만선입니다
당신은 고운 모습 그대로 순수의 피안에서
내 마음에 푸르름을 묻혀다주는
애련한 그리움입니다 지고한 사랑입니다
내 마음은 당신의 고운 모습 그대로
언제나 푸르름을 치는 화공입니다

# 최상의 자리

길섶에 핀 빨간 장미 한 송이
한복판에 청개구리 한 마리 앉았다
깊은 마음을 풀어놓아야 할
무슨 뗄 수 없는
끈끈한 접착이 있는지
눈 감은 채 옴짝달싹 못하는
청개구리 한 마리
그 밑자리에서 깨진 이슬
꽃잎 끝머리로 흐른다
풀어놓을 깊은 마음만큼
나른히 빠져나오는 카타르시스
시간과 공간의 변화
모두 정지시킨 듯
침묵으로 흥건하다
낮은 울타리 경계 밖에는
밤새도록 달만 쳐다보다
누렇게 뜬 달맞이꽃
깊은 마음 풀어놓을 자리

누구한테 선뜻 내주지 못하고

그리움에 골똘한 듯

반쯤 가린 얼굴로 서 있다

이런 날 아침 나는

꽃향기 깔린 길섶에서 조각상처럼

하나의 정지된 의미체로 굳어버린다

그리고 나는

기꺼이 내주고 풀어놓는

마음과 마음이 접착하는

최상의 자리 하나 꿈꾸게 된다

# 청계천 소묘

창포에 둘러싸여 유속이 정지된
맑은 물 밑바닥에
한 가닥 흰 구름이 뿌연 발을
아스라이 내비쳤다

운동화 한 짝씩을
두 손에 움켜잡고 팔짝팔짝
돌 징검다리를 건너는
아이들의 해맑은 웃음소리가
빠른 유속으로 철철철 흘러갔다

어디서 몰려왔을까
시커먼 물고기 떼가
갯버들 나뭇가지 그늘을 흔들며
물길의 발원을 찾아가는 듯
청계천을 거슬러 올라갔다

내 심장에 미세한 점상(點狀)처럼

발원의 구멍이 뚫리고 뜨거운 혈류가

콸콸 가속을 타기 시작했다

# 나의 작은 집

산그늘 지네 나의 작은 집
굴뚝에서 피어오르던
흰 연기 멎고
외양간 낮은 초가지붕 위에
하얀 박꽃이 피네
멍석 한가운데는
저녁 밥상이 차려지고
한 무더기 모깃불 쑥대가
마당가에 쌓여 있네
어머니는 어미 누렁소가
송아지를 부르듯 나를 부르네
어머니 음성이
내 뛰놀던 풀꽃 동산을 스치며
여린 풀꽃잎들을 흔드네
산새들은
어둠처럼 짙어가는 산그늘에
마음이 조급한 듯 숲속으로
더 깊이 파고드네

나, 이제 풀꽃 동산을
떠나야 할 시간이네
어머니의 저녁 산그늘 아늑한
나의 작은 집으로
나는 바삐 걸어가야 하네

# 장마철 달구비

하늘 푸른빛 지우고 시커먼 비구름이
점령군처럼 아래를 향해
수천수만의 총탄을 난사하듯 빗발친다
아침인지 저녁인지 구별 못 해
학교에 가야 할지 잠을 자야 할지
금방 잠에서 깬 듯 명암이 불분명했던
내 유년의 혼란한 기억들이
비 젖은 가로수 은행나무 이파리에서
바르르 떨고 있다
길거리 아스팔트 바닥에는
뜨거운 여름 장마의 지루한 시간들이
핏물처럼 흘러넘치고
비구름 헝클린 머리채가 익사체처럼
둥둥 떠다닌다 그 위를
누군가 조그마한 깜장 우산 하나 받쳐 들고
쇠똥구리 쇠똥 굴리듯 굴러가고 있다
낮은 비구름 아무리
하늘 쪽을 두리번거려봐도
푸른 바탕 하늘은 좀처럼 보이지 않고

도대체 태양은 어디서 무엇 하며

꼭꼭 숨었길래

코빼기도 보일 기미조차 없는가

어디서 두꺼운 비구름 뚫고 찬란히 내비칠

수천수만의 빛살들을 만들고 있을 것

나는 믿는다 태양이 재기할 담대한 용기를

나는 기다린다 서광처럼 빛나는

희망의 그날 그 시간을 그러나

아직은 비구름 시커먼 영토

전시 중, 달구비 세상인 것

주룩주룩 난사하는

수천수만의 총탄 소리처럼

점령군들의 군홧발 소리처럼

요란히 들려오는 달구비 소리뿐

나는 광화문 오피스텔 16층에서

한낮 가택연금 중

밥 먹을 시간인지 잠 잘 시간인지

명암이 불분명한 나의 혼란스런 시간

넓은 유리창에 검은 빗발 무늬 지고 있다

# 일몰

수자원공사 감시카메라가 설치된 절개지
상단에서 아래로 다섯 단을 내려오면서
3미터 폭으로 경계를 이룬
이중 철조망 사이에
붉은 태양이 굴러 내렸다
생선구이 적쇠에서 기름 흐르듯
붉은빛이 녹아내렸다
산새들은 가끔 숲속을 빠져나와 하늘로
수직 비상하며 깃털에 어둠 바람을 묻히고
다시 45도 방향으로 꺾어 하강하며
태양의 열기를 식혔다
이중 철조망 안에서는 서서히 스러져가는
태양의 최후가 순교자의 피흘림처럼
거룩하고 황홀했다
그 강렬한 눈빛과 뜨거운 정열로
생명의 원천을 데우며
동에서 서로 시간 이동해온 한 삶의
장엄한 최후가 감시카메라 렌즈에 잡혔다

나는 붉게 노을 든 가슴 한 자락 찢어
내 영혼의 은빛 우모로 명정을 썼다
생명의 빛 거룩한 순교자 태양처럼
내 삶의 끝도 저러했으면 중얼중얼
입안 소리 버무리며 철조망 밑바닥에서
수증기처럼 어둠이 차오르는 것을 보았다

# 책갈피 속 벚꽃

책갈피 속에서 미라처럼
압화된 벚꽃을 본다

긴 시간만큼이나
그 무게에 눌린 벚꽃 압화가
낡은 종이에
혈흔처럼 번져 있다

손끝으로 살짝 긴드려도
금방 부스러질 듯 위태하다

언제였을까
그 환히 핀 벚꽃을
책갈피에 넣었던 때가
나의 고교 시절
빛바랜 사진을 보듯
벚꽃 압화를 보고 또 본다

숱한 추억이
환한 벚꽃처럼 피어난다

지난 세월 나의 추억이
압화되고 있다

# 흰 와이셔츠

젖은 흰 와이셔츠가 빨랫줄에 매달렸다

세탁소 옷걸이에 걸어

평형을 잡으려 했겠지만

한쪽으로 심하게 기울어지는 것을

막을 수는 없었는지

초주검처럼 무거워진 흰 와이셔츠

평형을 잃고 나서야 비로소

온몸을 쥐어짜 무게를 덜고

평형을 되찾으려는 듯

의지의 물방울이 뚝뚝 떨어진다

하늘은 스스로 돕는 자를 돕는 법

햇볕이 떼로 몰려와 열선을 깔고

다림질하듯 흰 와이셔츠의 어깨선을 편다

축 늘어진 내 어깨도

평형감각이 후끈 달아오른다

오만과 과시의 때가 잘 타는

목깃의 힘을 빼고

불 지핀 아궁이에 언 손 내밀듯

소매 속에서 겸손을 내밀어 입고 싶은

그런 흰 와이셔츠 지금 빨랫줄에 매달려

평형을 잡으려 다이어트 중이다

# 여름 숲 궁전

나무 잔가지마다
극채색 탱화를 달아놓은 듯
해탈 문자 박힌 푸른 잎사귀들이
펀펀히 여름 숲 궁전을 만들었다
산새들은 7난을 피하기 위해
관음을 마음에 담고
그 이름을 연거푸 외우듯
더위의 난을 피해 여름 숲 궁전에서
깊은 울음을 운다
해탈은 땅속에서 오체투지하는
나무뿌리처럼 가장 낮은 곳에서
참회와 기원이 수증기처럼
모락모락 피어오를 때
하늘이 낮은 구름으로 내려주는
자비 같은 것
여름 숲 궁전 나무 작은 틈새에서
빛 바람 싸하니 한 가닥 영혼의
낮고 긴 해탈 음을 몰고 온다

제 2 부

풍경과 현상

# 파란 시간

늦가을 바람에 우수수 낙엽이 지네요

낮과 밤이 만나는 경계에

어슴푸레한 고독이 수북수북 쌓이네요

낮과 밤의 경계 바로 그 밑면 양끝에

내 약한 의지의 꼭짓점이 하나씩 박히고

또 하나 희미한 내 욕망의 꼭짓점이

가느다란 별빛 선에 끌려가

하늘에 박히네요

기다란 이등변삼각형처럼

위태롭게 늘어뜨려지는 저 고독한 허상

장대 신발을 신고 한 손에

작은 책 한 권을 들고 있는

새벽 공주를 만나러 가는 듯 나는

파란 시간*의 그리움에 푹 빠져드네요

* 파란 시간 : 벨기에의 작가 안 에르보가 명명한 낮과 밤 사이에
  존재하는 어슴푸레한 시간.

# 천년의 하늘북

태화산 숲길을 걸어
마곡사 해탈 문에 든다
천왕문을 거쳐 대광보전 앞마당
오층 석탑을 돌고
연등 터널 계단을 올라
고색창연한 대웅보전에서 참배를 한다
그리고 법고 앞에 선다
법고는 암수의 소 가슴 가죽이
내부에 공간을 두고 양면에서
마주 보며 떠는 공명의 가슴북이다
그 공명은
중생을 제도하는 하늘 신호음이다
법고는 속이 텅 빈 상태일 때
가장 깊은 영혼의 소리를 낸다
법고가 울리고 하늘 구름이 흩어진다
가슴이 답답하다면
공명의 가슴북을 쳐봐요
가슴속에 꽉 찬 번뇌와 오욕은 다 비우고

하늘북의 신호음을 들어봐요'
직선으로 뻗은 기찻길 침목이
점점 간격을 좁혀가며
시선의 끝점에서 사라지듯
법고의 울림이 저 먼 하늘에서
새털구름처럼 흩어져 아련히 사라진다
하늘은 보이지 않는 영혼처럼 고요하다
마곡사의 법고는
참회와 해탈의 기원으로 두들기는
가슴 텅 빈 자만이
하늘 신호음을 들을 수 있는
천년의 하늘북이다

# 풍경과 현상

### ― 여산 풍경에 헌 쪽박이라


북한강변을 드라이브하다가

남이섬을 바라본다

정맥이 말라 더 이상 뛰지 않는

관자놀이처럼 물관이 흐르지 않는

겨울 나뭇가지 목질 사이

관자놀이를 마음에 두고

내 시야의 프레임에

남이섬의 풍경을 가즈런히 담아본다

어젯밤 꿈속에서 뭇별 내려앉아

별밭 되어 훤한 나의 정수리에서

수런거리는 소리들이

비늘처럼 달라붙는 거라

마음에 강물 가득 채우고 뱃길 내어

남이섬 찾는 일은

나의 오랜 지병 같은 꿈의 의식이었던 것

가만가만 땅바닥에 낙엽처럼

별들의 수런거림을 죄다 떨어내려는 거라

그리고 나면 강물에 톰방대며 몸을 씻은

태양의 미세한 은빛 가루가 반짝반짝
비늘처럼 달라붙는 오후의 현상을 나는
나의 정수리에서 볼 수 있는 것이다

'여산 풍경에 헌 쪽박이라'

풍경은 내 시야의 프레임에 담았을 때
멀리서 보아야 아름다움이 제격이고
프레임 없는 현상은 가까이서 보아야
그 실체가 뚜렷하게 드러나기 마련이니
곰삭힌 마음이 닿는 남이섬 어느 지점, 나는
나의 정수리 양옆에서 흘러내리는 정맥이
현상처럼 뛰는 관자놀이를 짚어볼 모양이니

# 어머니의 빨간 고추

어머니가 빨간 고추를 말리려고

면도날로 비닐 포대자루

하얀 실밥을 뜯어내자

소슬바람 날 선 초가을이

비닐 포대자루 같은

하얀 여름 실밥을 뜯는다

어머니가 하얀 여름 실밥을 뜯어낸

한낮의 땡볕에

빨간 고추를 펀펀히 널자

고추잠자리들 떼로 몰려와

즐비하게 누워 있는 빨간 알몸 위에

날개바람 일으킨다

그럼에도 하얀 여름에 누운 빨간 고추가

하늘 쪽으로만 연거푸 수분을 날리자

마음 줄 데 없는 고추잠자리들

다시 떼지어 빨간 동색의 슬픔을 몰고

저 푸른 하늘호수 깊숙이 파고든다

어머니는 오로지

막 들어선 초가을에 입맛 돋울
고춧가루 매콤한 음식 골똘히 궁리 중인데
소슬바람 이는 막바지 하얀 여름
빨간 고추는 조금씩 조금씩
내부의 금싸라기 바스락거리며
스스로 가벼워지고 있다

# 내 영혼이 가장 슬픈 밤

6층 건물 옥상에 붉은 십자가와
남서울교회 파란 글자 네온사인 불빛이
밤하늘을 향해 영혼 발사의
카운트다운에 들어간 시간
2층 벽에는 검정 바탕에
노란 휴먼 바디 간판이
강렬한 네온사인 불빛을 풍덕천에
쉴 새 없이 쏟아내고 있다
영혼과 육체가 서로 다른 쪽에서
끌어당기는 밤이다
먼 곳이 가까운 것 같기도 하고
가까운 곳이 먼 것 같기도 한
영혼과 육체의 선택적 가늠이
서지 않는 유인가 그렇지만 나는 지금
지상에서 휴먼 바디 관리 중이다
피부, 스파, 전신, 두피 등
굶주린 바닷게가 두 엄지발로
갯조갯살을 뜯는 듯 유혹의 요정들이

내 영혼의 껍데기를 눕혀놓고
뽀얀 손가락으로 연거푸 압박하며
내 근육을 관리한다
그럴 때마다 비명처럼 퉁겨 나오는
내 욕망을 입안 가득 밀어 넣는다
저쪽 천상의 영혼보다
이쪽 지상의 육체가 더 강한 유인가인 양
욕망이 불타는 풍덕천의 밤
춤추는 듯 유흥의 순간들이 흐르는
이런 밤은 내 영혼이 가장 슬픈 밤이다

# 눈돌해변에 핀 해당화

그녀가 눈돌해변의 고운 은모래에
뽀얀 두 발을 묻었을 때
그녀의 발가락은 은모래 알 틈으로
뿌리를 뻗기 시작했다
하루종일 허기진 생명들이 핥아먹고
뜯어먹다 남긴 기진한 햇덩이가
투신한 먼바다 극점
저녁노을은 황홀했다
그 노을빛 파도 넘실넘실
사랑의 전율처럼 은모래 속으로
뻐근히 스며들 때
갈매기는 아슴푸레한 날개 선을
핏빛 하늘에 그으며
그녀에게 그리움의 시간을
예감하게 해 주었다
그녀가 지금도 여전히
눈돌해변의 고운 은모래에
뽀얀 두 발을 묻고 발가락마다

은모래 알 틈으로 뿌리 뻗으며
퇴화되어가는 실눈 상태로 저토록
먼바다를 바라보고 있는 것은
그 누군가를 기다리는
애틋한 그리움이 있기 때문이다

# 동굴

## — 환선굴에서

산등의 나무들이 발을 구른다
땅속 어딘가 공간의 울림을 듣는다
혀끝으로 컴컴한 입천장을 더듬으며
목젖까지 들어가는 신비
캄브리아 말기 정지된 시간이
석회암으로 굳어버린 미완의 공간
거뭇거뭇 우수리박쥐처럼
달라붙는 의미가 착시의 현상으로
태고의 신비를 암각한다
작은 계곡마다 폭포수 원시음을 내고
알몸의 세월 위를 철철 흐른다
어디서 생성된 것인가
새벽길처럼 트인 어둠 저쪽
좁다란 적막의 통로로 끌려가는 물줄기
어디로 가서 소멸되는 것인가
언제였을까
나는 뿌연 원시음 한 모금 마시고
공간의 신비에 싸여

퇴화한 외눈박이로 동굴 밖을 빠져나온
연한 핏덩이였으리
산신당 앞 엄나무 가시에 찔린 흰 구름장
산산이 찢어지는 것도 볼 수 없는 나는
그저 공간의 신비에 촉촉이 젖은
동굴 밖의 한 덩이 원초적 생명체였으리

# 신의 섭리

시뻘건 아침해가 동에서 서로
서서히 시간 이동을 한다
스스로를 달구고 또 두들겨
판금처럼 만들고 해 질 무렵
휘어진 낫처럼 정형을 찾고 나서야
치지직 바닷물 속에 담가내어
뿌연 겨울 달 하나
차가운 밤하늘에 비스듬히
무의지로 걸어놓는다
물고기들은 까만 해수면에
비늘 겉옷을 벗어서 던져놓은 채
바닷물 속으로 깊이 잠들러 가고
잠의 깊이만큼이나 비늘 겉옷은
짙은 어둠의 가속으로 분해되어
수많은 별들처럼 밤하늘에 박힌다
잠든 물고기들의 알몸에는
뿌연 겨울 달빛이
비늘 겉옷처럼 어리고

까만 해수면 경계의 끝점에서는
생성과 소멸의 거룩한 신의 섭리가
별빛처럼 고요히 아른거린다
그럴 때는
어슴푸레 깊은 나의 가슴 바다에서
내 가냘픈 존재의 의미가
끊임없이 순환하는 생성과 소멸의
그런 파도처럼 밀려온다

# 빈 꽃자리

그의 삶이
아름다운 한 송이 꽃과 같은 것이었다면
그의 가슴은 사랑의 원천이 고이는
꿀샘 같은 것이었을 것이다
아, 달콤하고 향기로운 가슴이여 그 사랑
짧은 날개를 바삐 털며 날아드는 꿀벌처럼
넓은 날개를 하늘거리며 찾아드는 나비처럼
얼마나 많은 욕망의 대롱들이
그의 가슴에 와 박혔을까
주는 자는
깊고 어두운 터널 같은 내분비선을 타고
느른히 빠져나가는 눈뜰 수 없는
마비된 절정이었으리
받는 자는
속 뱃살 마디 벌름벌름 떨며
멈칫멈칫 숨죽이다가
차오르는 포만의 눈금도 읽지 못하는
묵언의 농아였으리

이처럼 사랑은 주는 자와 받는 자

모두에게 떨림과 멈춤이 반복되는

가늠할 수 없는 황홀한 절정 같은 것

언제였을까

파란 잔디 정원에서 아이들이

대나무 장난감 프로펠러를

양 손바닥으로 비비고 있었을 때

그가 가슴 비비며

그토록 하늘 높이 띄우고 싶었을 날개

아, 달콤하고 향기로운 가슴이여 그 사랑

흰 구름 한 장 촉촉이 그늘 편

그의 빈 꽃자리에서 윙윙 빛무리 내며

희뿌연 허상 하나 하늘로 떠오르는 듯하네

보이는 것보다는 보이지 않는 것이

더 영원한 것이라고 했거니

그는 지금 하늘 저쪽

어딘가 보이지 않는 곳에서

한 송이 하얀 하늘꽃으로 피어 있으리

# 산속의 카페

산정호수 가는 산 길가에는
아름다운 산속 카페가 있다
설치예술 작품 같은 흰 담에는
프로방스 고딕 등이 켜져 있고
자연목 설치 문 입구에는
노란 소국 화분이 마지막인 듯
늦가을 가장 짙은 향기를
내뿜으며 반긴다
넓은 테라스 양쪽 가장자리에는
원색 파라솔 커피 테이블이 놓여 있고
한가운데의 철제 난로에서는
늦가을 처음 지핀 장작불이 타오른다
난롯가 연인들은 장작불보다
더 뜨거운 사랑의 눈빛을 쬐고
높이 솟은 연통 갓에서는
산 구름이 흰 연기를 묻혀서
하늘 끝으로 몰고 간다
이 산속 카페에서는

노란 소국, 짙은 커피, 메케한 흰 연기
그리고 이것들의 냄새를 묻혀가는
차디찬 산 구름까지도
모두가 늦가을 시간 속에서
허무하게 흩어지는 슬픈 정취들이다
그렇지만 연인들의 눈빛만은
산바람에도 흩어지지 않고
사랑의 장작불처럼 뜨겁게 타오른다

# 원초적 상형문자

서울의 고층건물들이 그렇듯이
좀처럼 위쪽을 내주지 않는
밤의 여유 공간 길 건너
조선일보사와 동화면세점 사이
비교적 오래되고 낮은 건물 몇 채
짙은 회색 어둠을 펀펀히 펴고
위쪽으로 내준 밤하늘
초승달 하나 별 하나
원초적 상형문자처럼 떠서
인간과 자연을 어우르며
청홍색 옷고름 풀고 생명의 원천
내보내는 청계천 스프링
조형상을 내려다본다
어린 시절 나의 어머니
멍석 깔린 마당에서
어머니 무릎에 누운
나를 내려다보시듯
사랑의 고운 빛으로 내려다본다

오늘밤 나는 모전교에서

좌판에 팔려나온 과일 무더기들이

지난 결실의 조선시대 과일나무를

주렁주렁 기억했듯

끝내 나의 결실을 붙들고

떨어내지 못한

나의 어머니를 생각한다

지금은

초승달이 되신 어머니 눈썹

별이 되신 어머니 눈빛

저 밤하늘

곱게 빛나는 어머니 사랑의 언어

그 원초적 상형문자

이제야 나는

조금은 가슴으로 해독할 수 있다

# 산새들의 산 울음

산새들은 숲속에 몸을 숨기고
깊은 산 울음을 운다
숲 바람 일 때마다 꽃향기처럼
모였다 흩어지고 흩어졌다 모이는
저 고운 음계의 조화
가까이 있는 듯 멀리 있고
멀리 있는 듯 가까이 있는
도무지 잡힐 듯 잡히지 않는
위치 불명의 지저귐으로
산새들은 산 울음을 운다
더러는 멈칫멈칫 호수 같은
정적 밑바닥에 기다란 울음 한 가닥
수련처럼 뿌리박아놓고
그리움에 응혈된 가슴으로
산새들은 산 울음을 운다
쇠가죽 바람주머니* 주둥이를
움켜쥔 오디세우스의 손 떨림처럼
양과 향을 조절하는 숲 바람에

가파른 절개지의

한 떨기 야생화가 피어나고

흰나비 나른히 오수에 빠질 때

산새들은 숲속에 몸을 숨기고

깊은 산 울음을 운다


* 쇠가죽 바람주머니 :『오디세이아』에 나오는 물건. 트로이 전쟁
  이 끝난 후 오디세우스가 고향으로 돌아오는 중 바람의 신 아이
  올로스로부터 받았다는, 바람의 양과 방향을 마음대로 조절할 수
  있는 신비의 바람주머니.

# 가을의 초상
　　― 가늘어지는 것들


하늘과 땅 사이가 너무 가까이 있었다
뜨거운 햇볕이
수시로 내려와 간섭도 빈번했다
때로는 비구름이 달구비를 내려보내서
단단히 장마 터를 닦고
햇볕, 틈나면 덩달아 기세등등
신난 매미 소리는 귀청을 찢듯 울었다
모든 것들은 굵고 짜증스런 소음이었다
후텁한 여름의 벽이
조금씩 갈라지기 시작했다
그 틈 사이로 입추가 들고 처서가 들고
백로의 이슬이 맺혔다
가을벌레들의 울음소리가 가늘어졌다
가늘어진 울음소리가 더 가늘게
먼 하늘로 흩어졌다
코스모스, 들국화⋯⋯
가을꽃 향기도 마찬가지
그렇게 가늘어져 하늘로 흩어졌다

그토록 가늘고 여린 것들이
가슴을 짓누르는 슬픔을 흔들었다
나의 생각은
가늘게 더 가늘게 슬픔을 자르며
가느다란 현을 타고
흰 구름 속으로 스며들었다
흰 구름은 나의 생각을
모두 슬픈 추상화로 그려냈다

# 고요원에서

어둠이 깃들자
가을벌레가 조곡처럼 슬피 운다
검은 눈 하나가 별 하나를 쳐다본다
별 하나가 가늘고 긴 별빛 선
하나를 내려보낸다
귀 없는 별이
눈먼 검은 눈을 찾는 것이겠지만
귀 없는 별이 검은 눈의 울음을
들을 수는 있을까
눈먼 검은 눈이 별빛 선을
타고 오를 수는 있을까
어차피 가을밤은
서로가 서로를 찾아 헤매는
멀리 가늘어진 어둠뿐인 세상이다
눈먼 검은 눈 하나가
별 하나를 보고 싶어 하고
귀 없는 별 하나가 검은 눈 하나의
울음을 듣고 싶어 하는

그들은 한때 한 몸이었던
슬픈 기억을 가지고 있지 않을까
어둠이 깃든 가을밤
가을벌레 우는 고요원의 풀밭은
그때의 현재가 존재하는
더욱 그러한 슬픈 세상이다

# 곡선의 슬픔
## ─ 정선 가는 길

곡선 위에 직선을 긋다
저만치 분리된 곡선의 길이
똬리를 틀고 산집 몇 채가
콧등치기 국수처럼
곡선의 슬픔에 가슴을 친다
거리와 시간의 단축
그 직선의 논리가
아직 해명되지 않은
산마을 길섶에서는
산새들의 고운 울음이
키 작은 풀꽃들을 깨우고
분리된 곡선의 길 위에는
짙은 숲 그늘이 진다
정선 가는 길에는
첩첩 두꺼운 산도 뚫고
대책 없이 질주하는 직선
그것이 남긴
곡선의 슬픔이 있다

# 외포리 밤 호수

밤 별들이 떠밀린 호숫가
허연 억새꽃 군락이
유령처럼 서 있다
숨이 턱에 닿은 계절 한 대
전조등을 켜고
고부라든 과거를 더듬으며
선박집 앞을 지난다
욕정이 거나해진 선박집
내부에서 불빛 몇 가닥
새어 나와 호수 속에 꺾인다
호수 밑바닥까지
차 내려간 어둠을 뚫고
수초처럼 흔들리는 내 먼 기억
뿌리까지 환히 들여다보인다
시간이 지나면 지날수록
어둠을 거둬내지 못하고
무거워지는 고요
외포리 밤 호수는
불빛 그리움으로 고요를 태운다

제 3 부

이 세상의 슬픈 시간들

# 황금빛 바심마당

둥근 멍석 한가운데서 흑점
와릉와릉 돈다
두 손 버겁게 휘어잡은 빛 가닥
뒤척이고 뒤척일 때마다 쏟아지는
저 뜨거운 황금빛 낟알
치지직 해수면 지진다
등 데인 물고기 꽃 비늘 뜬 해수면
황금빛 낟알 눈에 박힌 갈매기 떼
낮게 엎드려 하늘 해조음 듣는다
하루의 끝을 예감한 듯
노안처럼 점점 흐려지는 흑점
촉급히 도는 오후
제 몸 바스러지면 바스러질수록
불꽃 활활 타오르는 사랑처럼
바스러진 빛 가닥 미세한 황금빛 낟알
해수면에 반짝인다
소유를 나눔으로 아름다운 생성의
찬연함을 드러내는 태양, 지금
태양은 장엄한 황금빛 바심마당이다

# 농자

추스를 수 없는 농자의 몸체로
범람한 단쟁들 이천여든 평
네모반듯한 논
우리 일곱 식구의 명줄 같은
경계를 찾고 있는 아버지
사다리 같은 지게 보조대
꼭대기까지 쌓아올린
볏단 짐 지고 허리 휘도록
마라톤 하듯 달려온
아버지의 시간들을 생각한다
이십 삼십은 족히 넘을
볏짐 대열에서
아버지의 순위를 매기며
한 단 한 단 볏단을 세던
내 유년의 풍요
볏짐 버팀대처럼 버틸 수 없는
아버지의 쇠진한
두 다리 사이로 떠내려간다

세월의 급물살에 찢기고 찢긴

폐비닐 가닥처럼 휘감기는

아버지의 시간들 그리고

내 유년의 기억들

농자는 자신의 몸체를

스스로 추스를 수 없을 때

가장 슬픈 눈물로 범람한다

# 코스모스의 연정

까만 밤하늘에
수런거리는 별들
반딧불처럼
순간을 물고 반짝일 때
찬연히 쪼개지는 그 빛
그대로 놓치고 나면
영원히 찾을 수 없는
소중한 그리움이기에
그대는 밤새도록
어둠 짙은 길섶에 서서
밤 별들의
수런거림을 모아
가녀린 꽃잎 죄다
곱다시 채색해놓았나요
그대는
새벽빛 먼동 트는 언저리
창호지 바른 그리움의
꽃가슴 창 하나 내놓고

밤 별들의 수런거림
배냇짓하듯 엷은 꽃 그늘
한들거리네요
사랑의 떨굼 같은 꽃이슬
청초히 머금고 있네요

# 새 떼

용광로 불 용암 흘러내리는 듯
노을 짙은 하늘을 새 떼가 날았다
어둠은 새 떼의 등을 밀며
한 뼘 남짓한
노을 끝 하늘의 벌건 불기운을 식히며
새 떼의 깃털 하나 태우지 않고
앞으로만 날 수 있게 했다
새 떼가 마음 놓고 날 수 있는 것은
그뿐만은 아니었다
지상의 영역 다툼에서 무거워진
욕망의 기억을
어둠으로 까맣게 지워버리고
새 떼의 뼛속까지 비워
가벼워지게 했기 때문이었다
가벼워진다는 것
더없이 가벼워진다는 것 그것은
어느 한 점으로의 집착에서
흩어지고 증발되어

마음의 무게를 덜고 비운다는 것이다
그리고 그 텅 빈 그 속에
영혼을 깃들이게 하는 일이다
또한 영혼의 깊고 고요하고 평화로운
원초적 저음으로 내부의 벽을 두들겨
은은히 가득 울리는 일이다
새 떼가 주문 외우듯이
영혼의 소리를 내며
연거푸 성호를 그으며
날개를 바삐 움직일 때
새 떼는 더없는 가벼움으로
노을을 뚫고 하늘을 날 수 있었다
허연 갈대 그림자 지워진 강물에서
수직으로 높이 올려다뵈는
하늘 서녁 노을빛 저쪽
새 떼는 무의지 예각으로
스스로의 욕망을 좁혀가며
어쩌면 그토록 쓸쓸하도록

어쩌면 그토록 고요하도록

평화롭게 날았다

새 떼는 등 뒤에 밀려오는

까만 어둠을 예감하며

하나의 사소한 충돌도 없이

자유스럽게 그저 스스로의 무게를 비우며

영혼처럼 가벼워졌다

그리고 점점 짧아져가는 노을 끝 하늘을

그렇게 날았다

# 겨울밤 강
### - 금강하구에서

낮 동안의 온기를 잃은 겨울밤 강이
까만 어둠을 덮고 몸을 떤다
길게 늘어선 강둑의 가로등이
체온계의 수은주 같은 빛기둥을
강속에 거꾸로 집어넣고
좀처럼 꺼내지 못한다
유속이 가두어진 정적의 한 점
정지된 채 낡은 어선 한 척이
빛기둥 뿌리에서
참게처럼 느릿느릿 옆걸음 치는
낮 동안의 기억들을 건져낸다
밤이 점점 깊어갈수록 겨울밤 강은
그 안에 있는 모든 것들을
가슴에 품고 이따금 가위눌린 듯
사랑의 온기를 잃은 청둥오리처럼
거친 울음소리를 버럭버럭 질러댄다
겨울밤 강은
낮 동안의 온기를 애타게 그리는
만성적 그리움의 천식을 앓고 있다

# 낙엽

누군가 추억의 오색 물감

뭉텅뭉텅 발라놓고

빛과 바람에 번갈아 말리는

가파른 계절의 경계

그 밑으로 미처 하늘을

물들이지 못한

퇴색한 욕망이

뱅그르르 떨어진다

좀처럼 깊이를

가늠할 수 없는

무의지의 시간이 뱉어낸

슬픔 한 가닥

다람쥐 한 마리가

산그늘에 물고 든다

하늘 구름 몇 점

슬픔을 예감한 듯

하얀 종잇장처럼 구겨진

옷고름 풀고

가파른 계절의 경계

그 밑으로

회색 하늘 가슴 내보인다

# 방향

차를 몰고 김포대교를 달리며
오가는 차들의 시속을 가늠해보다가
강물에 주둥이 퉁퉁 불어터진
철새들을 본다
물고기들을 포식하고 무거워진 철새들
끝이 뭉크러진 어둠의 방향에
등 밀려 축 늘어진 배때기
강변 나뭇가지에 걸쳐놓고
신음하듯 포만을 삭이며
물고기들의 비릿한 영혼을 내뱉는다
포만자의 무위도식이 가증스럽다
약육강식의 논리가
아직 해명되지 않은 강에서는
물고기들의 슬픈 진혼제가 펼쳐지는 듯
내 삶의 바다처럼 어둡다
희로애락이 쉼 없이 점멸되는
내 삶의 계기판을 잠깐잠깐 되돌아보며
어둠에 등 밀린 철새들처럼 상충되는

사념의 화살표를 긋고 또 그으며

나는 차를 몰고 김포대교를 달린다

# 사랑과 이별의 원근법

가깝고 먼 것은
내 곁과 내 곁을 떠나 있는
간극의 슬픔이다
사랑의 기쁨과 즐거움
이별의 아픔과 슬픔은
짙고 옅은 물감으로
내 삶의 화폭에 담은
나의 발자취이다
어느 날 푸른 바다에서
금방 건져올린
커다란 눈알을 흘리듯
나를 바라보던 한 소녀가 있었다
그녀는 빨간 사과를 입에 물고
불쑥 내밀듯
붉게 노을 진 해변에
밀려오는 물결처럼 그토록
짙은 사랑으로 내 곁에 다가왔다
그 물결 같은 시간

어느덧 예측 없이 다 지나가고

그녀의 사랑은

내 먼 기억의 끝점에서

모두 사라졌다

내 삶의 화폭에서

먼 곳에 있는 그녀는 눈이 없고

먼 곳에 있는

그 푸른 바다는 물결이 없다

누군가 진정한 마음으로

내 삶의 화폭을 감상한다면

해변에 안개처럼

뿌옇게 가라앉은 지난날

나의 사랑과 이별의 슬픈 간극을

아름다운 화폭이라 말할 수 있을까

내 삶의 화폭에서

내가 그린 그녀의 원근법은

사랑은 짙고 이별은 옅다

# 하늘나무

여름 첫 장마 지난 소서에 하늘을 본다
나는 땅속에 뿌리 뻗은 나무 기둥처럼 서서
하늘을 향해 시선을 쏜다
두 팔을 들고 열 손가락을 쫙 편다
나의 시선이 나뭇가지처럼 하늘로 뻗는다
열 손가락 같이 뻗은 시선에
이파리들이 달라붙는다
예컨대, 옅거나 짙은 구름과
노을 진 핏빛 구름 같은 것들
땅속뿌리에서 빨아올린
세상의 오만 가지 것들이
번뇌, 슬픔, 그리움의 눈물처럼
하늘나무 잎맥 선을 따라 선명히 흐른다
하늘나무에는 새들이 앉지 않는다
새들은 그저 하늘과 땅 사이
자유공간을 배회하고 있을 뿐
하늘나무에는 나의 시선이 있기 때문일까
나뭇가지처럼 뻗은 나의 시선의 틈새에서

찬연한 하늘빛이 반짝인다

나는 하늘을 향해 끊임없이 시선을 쏜다

하늘나무가 쭉쭉 길어지고 거대해진다

# 티티새가 왔다

티티새가 왔다

늪과 호반의 붉은 열매 나뭇가지에서

티티새가 날아왔다

백야의 발트해 물결 가슴으로 가르며

가슴에 물결 같은 소인 찍고 몇 가닥 몸에 걸친

핀란드 티티새가 내게로 왔다

루돌프 콧방울처럼 붉은 열매 입에 물고

산타처럼 찾아왔다

나는 어젯밤 한숨도 못 자고

나의 눈과 귀는 시커먼 굴뚝처럼 그을렸다

열 손가락은 갈퀴처럼 방바닥에서

무언가를 긁어모으며 베갯머리를 더듬었다

오늘 아침에야, 마당가 대추나무에서

티티새의 울음을 처음 들었다

나는 티티새가 올 것을 예감하고

그렇게 온밤을 선잠 들었나 보다

티티새는 붉은 열매를 쪼아 금빛 씨알을 꺼냈다

환한 금빛 씨알이 대추나무 여린 잎들을

반들반들 흔들었다

티티새는 핀란디아 선율을 탄 몸짓으로

흩어진 흰 구름을 모으고

나는 금빛 씨알 같은

헨리의 편지를 죽죽 읽어 내려갔다

사랑하는 제이에게 (…)

'너 때문에 처음으로 사랑에 눈뜬 헨리가'

티티새여 늪과 호반의 나라 헨리의 메신저여

되돌아갈 때는 아리랑 소인이 찍힌

서울 까치 한복으로 갈아입고 나의 메신저로 가라

대추나무 붉은 열매를 물고

헨리의 숲으로 가서

나의 금빛 사랑의 씨알을 꺼내어 전해다오

# 한 방 날린다

이런 파란 공간이 산마루에 있다니
샤인데일 파란 파라다이스
하얀 골프공 휘익 한 방 날린다
하얀 골프공이 허공에 붕 떠서
공활한 늦가을 하늘에
포물선 한 번 그리고 슬픈 허영심으로
나의 실체처럼 통쾌히 추락한다
파란 잔디밭 풀잎들은
귀를 쫑긋 풀잎 끝을 세우고
일제히 서서 추락의 비명을 듣는다
한 방 날리면 모든 것이 해결될 듯
기고만장한 나의 허영심은
다 어디로 갔단 말인가
하늘 멀찌감치 떠서 내려다보던
머리채 산발한 한 가닥 흰 구름이
파란 잔디밭 풀잎에 조용히 내려앉는다
그런데도 또 한 사람, 저쪽에서
한 방을 크게 날리니

허공을 난 하얀 골프공이

파란 풀잎 끝에 묶음처럼 멎는다

결국 한 방을 날린다는 것은

허영의 본성으로 회귀하는

무모한 임펄스(impulse), 그럼에도

머리채 산발한 한 가닥 흰 구름은

촉촉이 슬픈 나의 허영심을 관대히 스민다

# 존재의 덫

눈 내리는 날 싸리 발채 덫에 든 참새는
싸리 발채 덫을 보호 지붕쯤으로 착각한다
안전 불감증이다
꽁지깃을 위로 올렸다 아래로 내렸다 하며
좌우로 흔드는 자신의 몸짓도 모른다
맷돌처럼 무거운 삶의 고뇌가
싸리 발채 덫 위에서 짓누르고 있다는 것도
그것을 떠받치고 있는 삶의 의지가
부지깽이처럼 부실하다는 것도 모른다
하물며 부지깽이에 삶의 의지를 묶고
기다랗게 이어진 노끈처럼 시한의 뇌관이
누군가의 손에 쥐여지고
손바닥만 한 독창 유리판에
머루 알처럼 까만 눈알을 굴리며
매섭게 운명의 찰나를 노리고 있다는 것이랴
더욱 모른다
그저 싸리 발채 덫 밑에 흩어진
욕망의 낟알을 쪼고 있을 뿐이다

결국 삶의 의지가 부지깽이처럼

선 채로 끌려와 토방을 치고 나동그라질 때

존재의 덫은 완전히 무너지고

안전 불감증 쌓인 하얀 눈 무덤이 된다

# 이 세상의 슬픈 시간들

흰 구름이 하늘을 말끔히 닦고
푸른 하늘바다를 만들었다
슬픈 가을 하늘바다의 수심이 깊다
이 세상은 하늘바다의 밑바닥
슬픈 시간들이 가라앉고 있다
누구신가 하늘바다 위에서 보이지 않는
검은 미끼를 던지고 있는 것은 아닌지
이 순간에도 이 세상을 떠나는
숱한 슬픈 시간들이
하늘바다 위로 건져 올려지고 있다
하늘바다 위에는
또 하나의 지극히 두렵고 거룩한
미지의 세상이 있어 그 누구신가
저세상은 물론 이 세상까지도
지배하고 있는 것은 아닐까
이 세상은 지금
한창 가을벌레들이 슬피 울고
하늘바다의 수심이 고요히 흔들리고 있다

누군가의 슬픈 시간이

또 저세상으로 불려가고 있는가 보다

# 어느 폐교에서

소녀가 책을 읽는다 산봉우리들이 가둬놓은
흰 구름장이 책장을 넘본다
혼자서는 책장을 넘길 수 없는
폐교의 슬픔을 모조리 품고 있는 소녀
교실 앞 풀밭 언덕에서 독서는
'마음의 양식' 이름표를 달고
어린이헌장 단석 위에 앉아 책을 읽으며
한서*의 독립정신처럼 굳은 의지로
낡은 폐교를 혼자 지키고 있다
그 소녀의 독서에 가속이 붙고 있을 때
국기 게양대 깃봉에서
풀숲으로 뒤덮인 운동장 가 플라타너스 나무들까지
햇살처럼 뻗은 만국기가 내 가슴속에서 펄럭인다
하얀 횟가루로 그어진 운동장 트랙 선에서는
나의 유년이 힘차게 달린다
전나무 꼭대기 산까치들은 전후좌우 날갯짓으로
둥둥둥 북을 울리며 나를 응원한다
3의 숫자 스탬프가 내 팔뚝에 진하게 찍힌다

'어머이! 저 3등 했어요'

어머니의 느티나무 그늘 자리가

어느새 치자꽃처럼 환하고 푸짐해진다

이어서 운동장 한가운데서는

예쁜 색동 한복 소녀들이

댕기치레 긴 머리를 허리까지

치렁대며 강강술래 빙빙 돈다

그 시간 산봉우리들은 깜박 오수에 들고

흰 구름장은 산봉우리들 사이로 슬금슬금

왜놈처럼 빠져나간다

많은 세월이 흐른 지금 나는 퇴색한 소녀상을 보며

내 먼 기억의 책장을 한 장씩 한 장씩 넘기고 있다


* 한서 : 남궁억의 호. 독립운동가 · 교육자 · 언론인. 폐교 부근에
  한서기념관이 있다.

# 백담사 가는 산길

백담사 가는 계곡의 산길에

벽안의 한 소녀가

나에게로 다가와

눈에 무엇인가가 들었다고 하네

혀로 핥아내기도 하고

입김으로 훅, 불었지만

눈에서 빠져나오지 않는 꽃단풍

백 개의 옥빛 담에

곱게 드리워졌네

나는 백 담째 백담사에 이르고서야

내 마음속의 꽃단풍을 보았네

제 4 부

절벽과 바다 이야기

# 겨울날의 본체

봄날에는 새순처럼 움돋는

연녹색 블라우스를 입었지 당신

여름날에는 진녹색 물들인

세모시 톱원피스를 입었지 당신

가을날에는 단풍처럼 고운

붉은색 등산옷을 입었지 당신

당신은 항상 행복의 강

야외 카페 강변에 서 있었지

나는 파라솔 테이블에 앉아

당신 옷차림새에 맞는 음료수를 마셨지

봄날에는 연한 녹차를 마셨고

여름날에는 시원한

아이스 아메리카노를 마셨으며

가을날에는 홍차를 마셨지 그렇게 나는

그런데 이 차가운 겨울날에

옷을 훌훌 벗고 알몸으로 서 있군요 당신

조금도 부끄러운 표정을

짓지 않고 있으니

무슨 이유라도 있나요 당신

내가 보기엔 당신은 아직도

봄 여름 가을의 정취가 스민 착각의 옷을

겹겹이 껴입고 있는 것 같은데

그거 맞아요 당신

꿈속을 헤매는 몽유병 환자처럼

겨울날의 알몸을 인식하지 못한 채

지난 계절 속에서

몽유하고 있는 것은 아닌지 당신

겨울날의 본체는 알몸,

어서 겨울날의 앙상한 본체를 인식해요

속히, 당신

이런 겨울날

행복의 강 야외 카페 강변에서

나는 화이트 와인 한 잔을 마실래요

강속에서 방금 물고기들이

당신의 발밑으로 몰려들고 있어요

자, 우리 건배해요

겨울날의 본체, 알몸의 인식을 위하여
나와 함께 당신
오, 저기 봐요 물안개가 피어올라
강물을 뿌옇게 덮고 있네요
잔잔한 물결이 잘 보이지 않아요
부디 마음을 되찾아요 당신
당신의 발끝에서 봄물이 오르고
파릇한 봄날의 환한 옷을
다시 입을 그때까지
바람이 눈발을 몰고 와도
강물 위를 나는 물새가 당신의 얼굴에
더러운 분비물을 내깔겨도
묵묵히 참고 견뎌내야 해요
겨울의 본체,
진솔한 알몸을 인식하고 살아요 당신

# 너의 웃음
## ― 12월의 다육식물

창밖의 시가지는 크고 작은 산들에
에워싼 한 폭의 작은 그림지도 같다
건물과 건물 사이는 큰 강이 흐르듯
자동차가 도로를 달리고
또 다른 밀집된 건물과 건물 사이는
지천이 흐르듯 좁은 갈래의
여러 골목길을 사람들이 다닌다
저 멀리 하늘 닿은 높은 산은
흰 구름이 뒤덮고
낮은 언덕처럼 뻗은 산줄기 숲속
어딘가는 산새 깃들이는
둥지 하나 있겠으나
한 마리 산새가 둥지를 잃고
허공을 맴도는 것은
시가지나 숲 속의 둥지도 볼 수 없는
실명한 슬픈 허상이기 때문이리
그저 하늘 구름 피었다 흩어지듯
입가에 잠시

환한 웃음을 띠다가 사라지는
너는 나의 애련한 그리움이다
나는 너의 슬픈 허상의 웃음을 보고자
지금 12월의 목마른 다육식물처럼
창가에 서 있다

# 크리스마스 와인글라스

하늘에서 크리스마스 포물선이
주님의 은총처럼 내려온다
성당의 첨탑에 세워진 십자가를 향해
묵시의 계단을 오르던 스테파노가
크리스마스 포물선에서 꼭짓점을 찾아
기다란 손잡이 받침대 하나를 세우고
공손을 가다듬어
크리스마스 와인글라스를 받든다
지난여름, 대서양 해안도시
어느 레스토랑 창가에서
내가 포르투갈산 와인글라스에
푸른 바다를 담았던 것처럼
크리스마스 와인글라스에
성모 마리아님의 은총을 가득 담는다
메리 크리스마스! 메리 크리스마스
쨍, 온누리를 향해 크리스마스 축배를 든다
하늘 높은 데서는 하느님께 영광,
땅에서는 주님께서 사랑하시는

사람들에게 평화'

성당의 종소리가 은은히 울려 퍼지고

첨탑의 십자가에서

주님의 보혈이 시뻘겋게 흘러내린다

크리스마스 와인글라스에

주님의 거룩한 보혈 빛이 감돌고

대속의 의미가 더욱 선명해진다

# 섭리의 물그릇 바다

바다를 펼치고 바다는 기다렸을 것이다
새들이 가슴 안쪽 깃털을 뽑아 둥지에 깔듯
바다는 깊은 바다 속에
파도를 가라앉혀 밑바닥 충격을 덜고
한번 빠지면 빠질수록 더 깊이 빠져드는
깊은 촉감을 수초처럼 빼곡히 심었을 것이다
아침부터 저녁까지 동에서 서로
시간 이동해 오면서 삶의 온기를 잃은 태양이
둥근 밑덩이를 슬그머니 내밀고
뒷물하듯 바다 속으로 가라앉을 때
바다는 그 황홀한 절정의 여유 공간을
기꺼이 내주었을 것이다 그때쯤은 이미
갈매기들도 모두 하늘 끝으로 내몰렸을 것이다
물고기들도 섬 바윗돌 틈에 머리를 박고
뻐끔거리던 입을 돌처럼 굳게 다물었을 것이다
바닷조개들도 나사못 돌리듯
단단히 굳은 몸을 뭉긋뭉긋 움직이며
스르르 펄 속으로 깊이 빠져들었을 것이다

이때쯤 비로소 태양은 핏빛 노을을 터트리고

어둡고 비릿한 바닷물 속으로

깊이 가라앉았을 것이다

그런 후 바다 표면은 서서히 부풀어 오르고

파도 같은 진통이 밤새도록 밀려들었을 것이다

그리고 동트는 새벽 즈음

그 아비 그 어미 닮은

어린 태양이 솟아올랐을 것이다

그러면 또다시 바다는 곧바로 새 물갈이에 들어가

깊은 바다 속에 파도를 가라앉혀 밑바닥 충격을 덜고

한번 빠지면 빠질수록 더 깊이 빠져드는

깊은 촉감을 수초처럼 빼곡히 심었을 것이다

그리고 또 다른 태양을 맞는 신부처럼

소멸과 생성이 순환하는

넓고 깊은 섭리의 물그릇 같은 바다가 되었을 것이다

# 그대의 시간
## — 사랑의 원운동

나의 마음속에는
항상 그대의 시간이 고여 있다

손목시계 바늘이
시계 판의 궤도를 따라
원운동을 하듯

그 시간은

곧게 일직선으로 지나는 것이 아니고
하나가 지나면 다음 것으로 가는
점점 멀리 앞으로만 가는
쉼 없는 운동이 아니라*

나의 마음 판을 맴돌며 흐르는
사랑의 원운동을 한다

나의 마음은

원운동을 하는 시계 판처럼

나도 어쩔 수 없는

그대의 시간이 차지하며 산다



* 밀란 쿤데라의 『참을 수 없는 존재의 가벼움』.

# 신의 지문

— 광릉수목원에서


숲이 아이들의 동글동글한 머리처럼

켜를 이루며 아이들의 동글동글한

재잘거림을 듣는다

태양의 다초점 확대경 밑에서

신의 지문이 물고기 실핏줄처럼

선명히 찍혀 연녹색으로 드러난다

신의 지문이 찍힌 자리는

항상 생동의 위력이 대단하다

누가 감히 저 숲에 찍힌

신의 지문을 보고 찡그린 상을 하고

거친 생각을 할 수 있겠는가

신의 지문이 찍힌 자리는

절대불가침의 평화와 사랑의 영역이다

세상의 시기와 질투, 불평과 불만,

오욕과 번뇌가 모두 정화되고

진실과 순수함만이 있을 뿐이다

이런 데에서는

미네아폴리스 야외 조각공원에 있는

속이 텅 빈 레인코트 상처럼

그저 가슴을 비우고 싶다

그리고 그 텅 빈 가슴속에

예쁜 크낙새 한 마리 가둬놓고

평화와 사랑을 쪼는 공명을 듣고 싶다

맹인 식물원의 점자판을 더듬듯

긴 세월에 마모된 나의 과거를 되찾고

연녹색 신의 지문을 묻히고 싶다

# 절벽과 바다 이야기

나는 나의 생각을 몰고 바다로 갔다
어느 해안가의 더 이상 갈 수 없는
절벽 앞에서 바다를 바라보았다

절벽은 수직, 바다는 수평

절벽은 수평 위에 높게 서 있지만
수평선이 없어 불안했고
바다는 수평에 낮게 누워 있지만
수평선이 있어 평안했다

절벽은 90도, 바다는 180도

하늘에 맞닿고 싶어 바라보는
방향과 각도는 서로 달랐다
절벽은 바다보다 절반이 작은 서 있는 각도
바다는 절벽보다 절반이 큰 누워 있는 각도

하늘과 맞닿고 싶어 취하는 포즈도
서 있고 누워 있는 차이
절벽은 세로, 바다는 가로였다
그러나 하늘과 맞닿아 있는 쪽은 바다였다
바다는 저 멀리 수평을 분명히 표시한
수평선을 긋고 가로로 누워 있었다

세로로 선 절벽 아래는 나의 생각이 서 있었고
바닷물에 살짝 잠긴 조약돌은 나의 생각처럼
선명한 무늬를 드러내고 있었다

백사장의 모래알들은
나의 발등을 덮으며 햇빛에 반짝거렸는데
은모래라고 해야 할지 금모래라고 해야 할지
나의 생각이 망설이고 있는 동안
나의 의지는 은모래보다는
금모래 편으로 기울었다

내가
'아! 금모래!'라고 불렀을 때 대답 대신
금모래는 찬연한 눈빛 윙크로 반짝였다

나는 절벽과 바다 이야기를 나의 생각 속에
모두 담아보기로 했다

예컨대, 이런 것들

이 세상에 혼자서는 생각할 수 없고
도드라질 수 없는 유무형의 상대적 존재들
이들에게로 달라붙는
금모래 알처럼 알알이 작은 반짝임들을 하나의
큰 조합으로 이루어 찬연한 빛으로 내뿜는 개념들

빛나거나 어둡거나 슬프거나 기쁘거나
불안하거나 평안하거나 사랑하거나
미워하거나 버리거나 간직하거나

아름답거나 추하거나 헌것이거나 새것이거나
산 것이거나 죽은 것이거나…… 그리고

현상으로 드러나는
조약돌처럼 선명한 생각의 무늬들
수직과 수평 불안과 평안
가로와 세로 수평선과 하늘…… 그리고

나의 생각에 생각을 더해 생각하는
가장 낮은 몸으로 수평선을 긋고
하늘을 우러러보고서야 하늘에 닿는 바다!

따사한 봄빛이 절벽과 바다에 쏟아지는 정오
숱한 존재들은 수직과 수평의 생각으로
절벽과 바다 이야기를 엮어가고 있었다

# 제값

회색 비가 내린다
겉옷을 벗기듯 주룩주룩 내린다
빗물이 알몸에 차갑게 스며든다
소금 전 바닷물이 알몸으로
잠시 머물다 가는 포구
알몸을 드러낸 개펄 위에서
갈매기들의 몸짓 연습이 한창이다
한 점에서 빗나간 이별을 그리는
그리움의 동영상처럼
보이지 않는 집념이
회색 구름으로 흩어진다
저쪽 포변에 들어선 어시장
금방 바다에서 끌어올린
알몸의 물고기들을 놓고
사람들의 변론으로 와자지껄하다
녹슨 철로를 달려오는
궤도열차의 기적 소리를 듣는 듯
문득문득 과거를 떠올리는 듯

지그시 눈감은 채
입을 뻐끔거리는 바다 물고기들
더 이상 알몸이 부끄럼 없다
회색 소래 포구에서는 알몸일 때
진정한 제값이 매겨진다

# 노동의 해머링 맨

흥국생명 본사 앞을 지나며
나는 실컷 두들겨 맞았다
해머링 맨이
나의 정수리를 해머로
내리치고 또 내리친다
나는 해머링 맨의 손에 거머쥔
해머에 의해 여지없이 부서지고
산산이 파편처럼 흩어진다
창조와 생산이라는
숭고한 노동 시간을 외면한
나의 정수리에 소리 없는
고통의 압박이 죄어드는구나
노동시간을 외면한 대가 치고는
상당한 수준의 고통이다
나는 창조와 생산을 멈춘
불임여성처럼 이미
노동시간을 잃은 지 오래되었다
그런고로 나는

끊임없이 두들겨 맞아도 싸다
나는 온몸에 뻐근히 저려오는
고독의 노동시간을 거의 온종일
해머링 맨 주위에서 습관처럼
서성이며 두들겨 맞는다
나는 의식이 희미해진
새벽하늘의 잔별들처럼
완벽하게 분해되는
무노동의 파편이다
노동의 해머여
나를 실컷 두들겨 패도 좋다
해머링 맨 오, 해머링 맨
창조하는 신의 손처럼
오른팔을 천천히 움직여
나의 실종된
노동 시간을 철저히 관리하라

# 봄빛 나선 나무

프리덴슈라이히 훈데르트바서
서울특별전
'다섯 개의 피부 the 5 skins'가
돈의문 박물관마을에서 열렸다
'인간과 자연의 조화'라는
주제를 가진 전시전이다
낡은 건물 벽에서 봄빛이 떨어져
회색 미세먼지처럼 골목길 바닥에 쌓였다
골목 바람목에서 바람이
실신한 봄빛 가루를 쓸고 갔다
나는 바람이 봄빛 가루를 쓸고 가듯
나선처럼 굽은 골목길을 돌고 돌아
제1피부 전시관에서
제5피부 전시관까지 쓸고 다녔다
'진정한 문맹은
쓰고 읽는 것을 못하는 것이 아니라
창조할 수 있는 능력이 없는 것이다'
훈데르트바서의 언어가

나의 정맥에 주입되어 혈액처럼 흘렀다
나는 지난 삶의 거울 앞에 서 있는 듯
창조력 없는 문맹의 언어가
나의 칙칙한 피부에
주름처럼 새겨져 있는 것을 보는 것 같았다
나는 훈데르트바서의 '나선 나무'*처럼
문맹의 언어를 지우고
순수한 봄빛 나선 나무가 되기를 꿈꾸었다
나는 낮고 긴 가로의 직사각형
화분이 놓여 있는 가파른 계단에 앉아
탁 트인 봄빛 거리를 내려다보았다
넓은 차도에는 수많은 자동차들이
중앙선을 기준으로 하여
서로의 역방향으로 봄빛 하얀 차선을 따라
질주하고 있었다
빨간 신호등이 켜지자
자동차들은 일제히 질주를 멈추고
파란 신호등과 횡단보도를

사람들에게 내주었다
사람들은 현재의 시간 선 너머
미래의 변곡점을 향해
봄빛 깔린 횡단보도를
자유롭게 건너가고 있었다
어느덧 봄빛 생기가 나의 피부에도
나선형을 이루며 열선처럼
관능적으로 퍼져나가기 시작했다
나는 그렇게 서서히 느린 속도로
끝없이 생기가 돌고 있는
봄빛 나선 나무가 되어가고 있었다


* 훈데르트바서의 〈Spiral tree〉(1975, 우표)

# 단풍

옅푸른 산빛에 진달래 꽃불 타더니
짙푸른 산빛에 진달래 꽃불 멎더니
몰랐네요
마지막 여름 먹구름 먹고 천둥 울던 날
몰래 숨겨놓은 작은 불씨 하나
가을 산이 타네요 가을 산이 타네요
치솟는 화염도 폭발음도 없이 진행되는
은밀한 첩보전처럼 무섭도록 타네요
황토 깊은 속 물 터에
다리 뻗은 나무뿌리에서
단풍 그 불길이 치솟는 것일까요
저녁노을 뱉어낸 듯 가을 산이 타네요
거리와 시간도 잊고 사랑에 집착하는
연인들의 고운 숨결처럼 가을 산이 타네요
산새들도 이미 울음을 멎고
하늘도 어쩔 수 없어 내려다만 보는데
바람은 가속으로 단풍을 몰고
산빛을 그리움으로 활활 태우네요

# 로마의 우산소나무

고대 로마의 알파벳 문자가 흩어지고
로마 숫자는 순열을 상실하였다
신의 하늘 구름도 어쩔 수 없어
팔라티노 언덕을 내려다만 보고 있었다
이따금 바람이 언덕을 스칠 때마다
로마의 우산소나무는
무의지로 조금은 흔들리기도 했지만
로마의 호수처럼
침묵은 너무 고요하고 깊어
역사의 파문이 이는 현상조차도
인식하지 못하였다
내 안의 코리아 한글 자모음이
고분에서 출토된 유골을 수습하듯
팔라티노 언덕에 흩어져 있는
고대 로마 문자의 파편들을 조립하고
한글 번안에 들어갔다
로마의 우산소나무는
주렁주렁 솔방울처럼 매달린

정교하고 완벽한 고대 로마 문자의

한글 언어음을 듣고 나서야

비로소 초록 우산을 펴듯

우산살 같은 나뭇가지들을 뻗고

그 아래

살아 숨 쉬는 역사의 숨결을

보호 그늘처럼 고스란히 깔았다

나는 팔라티노 언덕에서

오월의 초록 우산을 쓰고

번안된 한글 언어음을 듣고 서 있는

로마의 우산소나무를 지켜보며

고대 로마의 역사의 숨결이

그늘처럼 깔린

로마의 긴 시간 속에 빨려들고 있었다

# 빨간 장미와 흰나비 떼

누군가 허리 휘도록 보듬다가
가슴 찔린 아픔
혀 말아 얇은 입술 켜켜이 싸고
송골송골 핏빛 그리움으로 맺혔다

단 한 번의 나직한 폭발음을 내고
산화해버린 사랑

꽃과 꽃그늘 사이
하늘하늘 하늘춤 추며 몰려드는
흰나비 떼 좀 봐

그대는 정녕 모른 체하지 마오
그대 침묵으로
빨갛게 달아오른 입술에
영원히 보호받고 싶은 추억들

짙은 그리움이 더할 때

짙은 아픔이 더할 때

사랑은 다시

흰나비 떼처럼 몰려오는가

# 바람의 요괴

바람의 요괴가 산등성 꽃단풍을
모조리 낙엽 지게 하는 것은
마당 쓸듯 나목으로
넓은 하늘을 쓸라는 거겠지요
그리고 나무뿌리 속에
가을의 흔적을 모으라는 거겠지요
떠나는 아쉬움 때문인지
낙엽은 가파른 절벽을 곧바로
곤두박질하지 않고
한 바퀴 선회하며 물비늘 위에
후조처럼 내려앉네요
바람의 요괴가 스산한 계곡의
어둠 속으로 어둠 속으로 깊이
낙엽을 떠밀고 가는 것은
결국 이런 거겠지요
바람의 요괴는
낙엽이 계곡의 끝점에 이를 때
모든 가을의 흔적을 어둠 씌워 야적하고

초겨울의 투명한 살얼음 집을 만들어

그 속에

가을의 기억들을 가두어두려는 거겠지요

# 슬픈 자유

들짐승 같은 고독이
세월의 여백을 뜯어먹고 남긴
앙상한 가슴뼈 같은
창살 하나 붙잡고
슬픈 자유가 갇혀 있다
희옅은 보랏빛 라일락 꽃 향이
붉은 벽돌담을 넘지 못하고
담벼락에 부딪치며
곧바로 떨어진다
잔뿌리째 모조리 뽑힌 하늘 구름
라일락꽃 향 묻힌
촉촉한 그늘 몇 장
회색 필름처럼 풀어놓고
슬픈 자유가 갇혀 있는
붉은 벽돌담 안쪽으로
슬픈 기억의 등을 밀고 간다
슬픈 자유여, 이제 그만
녹슨 세월의 창살을 놓고 그대의
고독에 지친 영혼을 편히 쉬게 하라

작품 해설

# 원융무애의 영토에 핀 한 송이 꽃

전기철 | 문학평론가 · 숭의여대 교수

## 1

나는 조심스레
낮은 강둑길을 걸어서
청색 수면 선까지 얼음 언
작은 동력선이 있는
선착장에 이르렀다
수양버들이 파란 물을
뿌리에서 실가지로
끌어올리고 있었다
봄이 오는 소리가 꿈결처럼
침묵 속에서 그렇게
고요히 들려오고 있었다

—「봄이 오는 소리」부분

프란시스 퐁주는 대상이 말을 걸어올 때까지 대상을 바라본다고 했으며 침묵은 유일한 조국이라고 했다. '바라보기'는 시적 자아가 대상에게 다가가는 행위이면서 동시에 대상을 자기 안에 들여놓는 일이라고 할 수 있다. 위 시는 나동환 시인이 대상을 어떻게 만나는지를 짐작하게 한다. 특정 대상이나 특정 장소를 통해 현실적 자아가 시적 자아로 이동한다. 이때 시인은 관념과 추상이 아니라 몸의 감각으로 대상에게 다가간다. 몸이 "걸어서" 혹은 "이르렀"던 곳에서 시적 자아는 대상을 바라보며 만나고, 그 대상 안으로 침잠하고 대상이 하는 말을 듣는다. 시인의 내면에는 신비스러운 교감의 통로가 열리는 것이다. 이런 교감을 위해서 시인은 하염없이 대상을 바라본다. 이때 시적 자아는 "침묵"의 자리에 거주하게 된다. 침묵은 언어 이전의 언어이다. 세계와 존재들은 침묵으로 환원되었다가 시인의 내면을 통해 다시 언어로 그 모습을 드러낸다. 마치 "뿌리에서 실가지로 끌어올"린 "파란 물"처럼 침묵은 하나의 존재로 홀연 솟아나는 것이다.

나동환의 시적 주체는 주로 비, 강물, 호수, 바다, 나무, 꽃, 풀, 숲, 새, 하늘 등 자연물이나 풍경, 혹은 특정한 장소에서 바라보기를 한다. 관조하고 사유하며 통찰에 이르고 깨달음의 경지에까지 나아간다. 이러한 자세는 명상적이며 불교적인 세계관으로 나타나기도 하고 때로는 노자나 장자의 사상과도 맥이 닿는다. 시적 자아는 "심장에 미세한 점상처럼/발원의 구멍이 뚫리고"(「청계천 소묘」) 심안(心眼)은 현상 너머의 세계, 눈으로 볼 수 없는 영혼의 세계를 보려고 한다. 해서 궁극(窮極)에 이르고자하는 꿈을 꾼다. 그의 시에 빈번하게 나타나는 '해탈'이나 '영혼'은 이러한 열망을 보여주는 것들이다. "나는 붉게 노을 든 가슴 한 자락 찢어/내 영혼의 은빛 우모로 명정을 썼다"(「일몰」)는 고백처럼 나동환 시인이 뜨거운 감성으로 바라보고 느낀 세계는 어떤 곳인지 그 족적들을 따라가 보자.


## 2

  나동환 시에는 물의 이미지가 두드러진다. 물은 빗방울, 달 구비, 강물, 호수, 바다로 다양한 이미지로 나타난다. 강물에 떨어지는 빗방울이 만들어내는 물결을 보며 "나는 작은 동그 라미가 던져주는 의미를/곰곰이 생각"(「투유」)하듯이 나동환 시인은 대상에 몰입한다. 이러한 몰입을 잘 보여주는 대상이 '바다'이다.


>     바다를 펼치고 바다는 기다렸을 것이다
>     새들이 가슴 안쪽 깃털을 뽑아 둥지에 깔듯
>     바다는 깊은 바다 속에
>     파도를 가라앉혀 밑바다 충격을 덜고
>     …(중략)…
>     시간 이동해 오면서 삶의 온기를 잃은 태양이
>     둥근 밑덩이를 슬그머니 내밀고
>     뒷물하듯 바다 속으로 가라앉을 때
>     …(중략)…
>     이때쯤 비로소 태양은 핏빛 노을을 터트리고
>     어둡고 비릿한 바닷물 속으로

깊이 가라앉았을 것이다
그런 후 바다 표면은 서서히 부풀어 오르고
파도 같은 진통이 밤새도록 밀려들었을 것이다
그리고 동트는 새벽 즈음
그 아비 그 어미 닮은
어린 태양이 솟아올랐을 것이다

— 「섭리의 물그릇 바다」 부분

생명의 원천인 바다는 태양에게 소멸과 죽음의 장소이면서
다시 태어나는 곳이다. 생명력이라고 할 수 있는 "삶의 온기"
를 긴 여정에서 모두 소진해버린 태양이 장엄하게 산화하듯
이 "핏빛 노을을 터트리고" 심연의 바다로 가라앉는다. 그리고
"어린 태양"으로 다시 태어난다. "핏빛 노을"은 해산하는 여성
의 자궁을 연상시킨다. "어린 태양"을 위해서 바다는 "새들이
가슴 안쪽 깃털을 뽑아 둥지에 깔듯" 생명의 원천인 자궁을
만든 것이다. 그리고 "파도 같은 진통이 밤새도록 밀려들"듯이
탄생은 긴 시간을 거쳐 "진통"이라는 고통의 과정을 통과한다.
나동환 시인은 바다를 통해 '죽음과 탄생'을 사유하고 있다.
하나의 생명체가 자연의 일부로서 태어나고 소멸하고 다시
태어나는 생명의 드라마가 '섭리'이며 모든 존재는 이 섭리 안
에 있다. 나동환 시인은 이런 바다가 자신의 내면에도 있음을
깨닫는다. "어슴푸레 깊은 나의 가슴 바다에서/내 가냘픈 존
재의 의미가/끊임없이 순환하는 생성과 소멸"(「신의 섭리」)하
듯이 우리의 일상도 실은 날마다 태어나고 죽는 과정이다. 태
고와도 같은 바다는 광활하고 깊이를 모를 심연이다. 우리 내

면에 존재하는 바다에서 우리는 소멸과 생성을 거듭함으로써
더 크고 본질적인 자아를 찾아가는 여정의 길을 밟는 것이다.


    나는 나의 생각을 몰고 바다로 갔다
    어느 해안가의 더 이상 갈 수 없는
    절벽 앞에서 바다를 바라보았다
    …(중략)…
    하늘에 맞닿고 싶어 바라보는
    방향과 각도는 서로 달랐다
    절벽은 바다보다 절반이 작은 서 있는 각도
    바다는 절벽보다 절반이 큰 누워 있는 각도

    하늘과 맞닿고 싶어 취하는 포즈도
    서 있고 누워 있는 차이
    …(중략)…
    이 세상에 혼자서는 생각할 수 없고
    도드라질 수 없는 유무형의 상대적 존재들
    이들에게로 달라붙는
    금모래 알처럼 알알이 작은 반짝임들을 하나의
    큰 조합으로 이루어 찬연한 빛으로 내뿜는 개념들
    …(중략)…
    나의 생각에 생각을 더해 생각하는
    가장 낮은 몸으로 수평선을 긋고
    하늘을 우러러보고서야 하늘에 닿는 바다!

    따사한 봄빛이 절벽과 바다에 쏟아지는 정오
    숱한 존재들은 수직과 수평의 생각으로

절벽과 바다 이야기를 엮어가고 있었다

— 「절벽과 바다 이야기」 부분

앞에서 살펴본 바다가 죽음의 공간이자 탄생의 장소로서 원초적이고 신비한 대상이라면 위 시의 바다는 "숱한 존재들"이 "수직과 수평의 생각"으로 직조하듯이 삶을 만들어가는 현장이다. 시인은 "생각을 몰고"서 "더 이상 갈 수 없는 절벽"에 이른다. 수평의 "바다"와 수직의 "절벽"은 대조적이고 "상대적 존재"이다. 그러나 서로 어울리며 조화롭다. "숱한 존재"들이 저마다 "금모래 알처럼" "반짝임"으로 자신을 드러내며 조화를 이루고 있음을 시인은 본다. 절벽과 바다는 구체적인 사물이면서 삼라만상의 표상이다. "절벽과 바다 이야기"의 다른 이름은 바로 삶인 것이다.

그런데 시적 자아가 바다와 절벽을 "하늘에 맞닿고 싶어 바라보는", "하늘과 맞닿고 싶어 취하는 포즈", "하늘을 우러러보고서야" 등으로 천상을 지향하는 존재로 인식하고 있음을 눈여겨볼 필요가 있다. 바다와 절벽은 지상의 존재들이다. 따라서 시간 앞에서 유한하고, 절대성 앞에서 미미하고 불완전한 존재이다. 우리가 절벽이라는 단어에서 위태로움, 막막함, 한계성 등을 떠올리듯이 지상에 매여 있는 모든 존재는 삶의 제약과 구속에서 자유롭지 못하다. 따라서 "하늘"은 현실과 대조되는 이상의 세계이며, 지상의 존재가 꿈꾸는 궁극의 세계라고 할 수 있다. 천상을 추구하는 시적 주체는 명상적이고 종교적인 시선으로 대상을 바라본다.

**3**

나무는 지하와 지상 그리고 천상의 세계를 연결한다. 지상의 존재이자 천상의 존재이기에 신화 속에서 나무는 신성과 영성을 지니고 있으며 신과 인간을 연결하는 통로가 된다. 일종의 오라클이다. 나동환의 시에도 나무는 물질의 세계에 속하기보다는 영적이고 종교적인 모습을 띠고 있다.

> 해탈 문자 박힌 푸른 잎사귀들이
> 펀펀히 여름 숲 궁전을 만들었다
> 산새들은 7난을 피하기 위해
> 관음을 마음에 담고
> 그 이름을 연거푸 외우듯
> 더위의 난을 피해 여름 숲 궁전에서
> 깊은 울음을 운다
> 해탈은 땅속에서 오체투지하는
> 나무뿌리처럼 가장 낮은 곳에서
> 참회와 기원이 수증기처럼
> 모락모락 피어오를 때
> 하늘이 낮은 구름으로 내려주는
> 자비 같은 것
> 여름 숲 궁전 나무 작은 틈새에서
> 빛 바람 싸하니 한 가닥 영혼의
> 낮고 긴 해탈 음을 몰고 온다
>
> ─「여름 숲 궁전」 부분

시인은 나무에서 수행자의 모습을 보았다. "해탈 문자 박힌

"푸른 잎사귀들"은 어둠과 침묵으로 "땅속에서 오체투지"하며 "참회와 기원"을 하는 나무뿌리의 고행을 통해서 얻은 것이다. 중생 없이 부처가 없듯이 고통 없이 해탈도 없다. 진흙탕에서 맑고 향기로운 연꽃이 피어나듯이 주체는 끊임없는 세파 속에서 인고의 과정을 거쳐서 비로소 해탈에 이른다. 해탈은 자유이며 일체의 구속에서 벗어나는 것이다. 나동환 시인은 나무를 통해 내면의 해탈을 꿈꾼다. "나는 땅속에 뿌리 뻗은 나무 기둥처럼 서서/하늘을 향해 시선을 쏜다/두 팔을 들고 열 손가락을 쫙 편다/나의 시선이 나뭇가지처럼 하늘로 뻗는"(「하늘나무」) 모습으로 나무와 자신을 동일화시킨다. '하늘나무'는 실제의 나무가 아니라 '내면의 나무'이다. 시적 자아의 중심을 상징하는 일종의 '우주목'으로서 영혼이 기거하는 곳이다. 따라서 '하늘'은 물리적 공간을 초월하는 시원의 세계이며 영혼이 도달하고픈 궁극의 세계이다. 천상을 지향하는 이미지를 더 심화시키는 다음의 시를 보자.

> 지상의 영역 다툼에서 무거워진
> 욕망의 기억을
> 어둠으로 까맣게 지워버리고
> 새 떼의 뼛속까지 비워
> 가벼워지게 했기 때문이었다
> …(중략)…
> 그리고 그 텅 빈 그 속에
> 영혼을 깃들게 하는 일이다
>
> ―「새 떼」 부분

법고의 울림이 저 먼 하늘에서
새털구름처럼 흩어져 아련히 사라진다
하늘은 보이지 않는 영혼처럼 고요하다
마곡사의 법고는
참회와 해탈의 기원으로 두들기는
가슴 텅 빈 자만이
하늘 신호음을 들을 수 있는
천년의 하늘북이다

— 「천년의 하늘북」 부분

전자의 시는 새를 통해 나무의 이미지를 변주한다. 새는 나무보다 더 자유롭고 천상에 더욱 가까운 존재이다. 새가 천상의 존재가 될 수 있었던 것은 "욕망의 기억"을 "지워버리고" "뼛속까지 비워"냈기 때문이다. 욕망을 비웠기에 그 자리에 "영혼"이 깃든 것이다. 후자의 시는 『장자』의 「제물론」에 나오는 '하늘의 퉁소 소리'를 떠올리게 한다. 남곽자기가 자신을 잃어버린 경지에서 영혼의 귀로 하늘의 퉁소 소리를 들었듯이 "가슴 텅 빈 자만이 하늘 신호음을 들을 수 있"는 귀가 열린다. 이렇게 나동환의 시적 주체는 욕망의 비움과 고요로써 천상의 영혼을 추구한다.

### 4

그러나 시인의 현실적 자아가 살아가는 곳은 물신(物神)과 욕망의 세계이다. 말초적 감각을 자극하는 화려한 유혹들이 넘쳐난다.

강렬한 네온사인 불빛을 풍덕천에
쉴 새 없이 쏟아내고 있다
영혼과 육체가 서로 다른 쪽에서
끌어당기는 밤이다
…(중략)…
지상에서 휴먼 바디 관리 중이다
피부, 스파, 전신, 두피 등
굶주린 바닷게가 두 엄지발로
갯조갯살을 뜯는 듯 유혹의 요정들이
내 영혼의 껍데기를 눕혀놓고
뽀얀 손가락으로 연거푸 압박하며
내 근육을 관리한다
그럴 때마다 비명처럼 퉁겨 나오는
내 욕망을 입안 가득 밀어 넣는다
저쪽 천상의 영혼보다
이쪽 지상의 육체가 더 강한 유인가인 양
욕망이 불타는 풍덕천의 밤
춤추는 듯 유흥의 순간들이 흐르는
이런 밤은 내 영혼이 가장 슬픈 밤이다
— 「내 영혼의 슬픈 밤」 부분

"네온사인 불빛이 쏟아지는 풍덕천"은 현대사회의 알레고
리라고도 할 수 있다. 현대사회는 욕망이 지배하는 곳이기에
"천상의 영혼보다/지상의 육체가 더 강한 유인가"로 작용한
다. '유인가'는 어떤 사물이나 현상이 지닌 심리적 매력이며
마음을 끄는 힘의 정도이다. 심리적으로 잡아당기는 에너지
라고 할 수 있다. 우리가 살고 있는 현실세계는 "욕망이 불타

는" 곳이다. 영적 세계를 지향하는 시적 주체에게 욕망이 지배하는 현실은 "비명"이거나 "슬픔"으로 인식된다. "대책 없이 질주하는 직선/그것이 남긴/ 곡선의 슬픔"(「곡선의 슬픔」), "허무하게 흩어지는 슬픈 정취들"(「산속의 카페」), "슬픈 세상"(「가을의 초상」), "가장 슬픈 눈물로 범람한다"(「농자」), "무의지의 시간이 뱉어낸/슬픔 한 가닥"(「낙엽」), "이 세상은 하늘바다의 밑바닥/슬픈 시간들이 가라앉고 있다"(「이 세상의 슬픈 시간들」) 등 시집 곳곳에 애상적 정서가 나타나는 것도 이런 현실 인식과 무관하지 않다. 욕망과 외적 가치가 지배하는 현실에서 시적 자아는 "내 영혼이 가장 슬픈 밤"을 느낄 수밖에 없다.

그러나 시는 현실과 꿈을 잇고자 한다. 서로 모순되고 대립되는 것을 배척하는 게 아니라 연결하고 통합하려고 한다. 그래서 시인은 현실과 이상 세계의 경계를 넘나들며 꿈꾼다. 두 세계는 시인에 의해 서로를 융합된다. "천상의 영혼"도 "지상의 육체"도 분리되고 대립되는 것이 아니라 본래 하나이다. 수많은 변화로 나타나는 현상 역시 서로 연결되는 하나임을 시인은 발견한다.

비 내리는 오월의 정원은
원의 파동이 출렁이는 원융무애
깨달음의 마음자리처럼
아무런 걸림도 없이
진리가 빛나는
파란 파라다이스였다

자연의 모든 존재는
0차원의 한 점
그 미세입자로부터 생성되고
시간의 흐름에 따라 1차원의 선,
2차원의 면, 3차원의 입체,
4차원의 초입체로 형성되어가는
그러나 그러다가 또다시
생성의 원점으로 되돌아가는
끊임없이 윤회하는
원의 파동 같은 것이거늘
…(중략)…
고요한 깨달음이
내 마음자리에 퍼져나갔다
　　　　　　　　　　—「비 내리는 오월의 정원」 부분


　시인은 카페의 창밖으로 내리는 비를 바라보고 사유한다.
그리고 깨닫는다. 빗방울 하나하나가 개별적인 존재이면서
하나라는 것을 말이다. 수없이 떨어지는 빗방울조차 "원의 파
동이 출렁이는 원융무애"의 지극함을 보여준다. '원융무애'는
불교 용어이다. 삼라만상 모든 존재의 근원적인 모습은 걸리
고 편벽됨이 없으며, 장애가 되지 않으며, 완전히 일체가 되
어 서로 융화된다는 의미이다. 생성과 변화로 윤회하는 모든
존재는 연결되어서 서로를 비추어주는 인드라망인 것이다.
　원융무애의 또 다른 이름은 '사랑'이라고 할 수 있다. 나동
환의 시적 주체는 타자와 합일되기를 꿈꾼다. 이런 소망을 나
타내고 있는 것이 '사랑'이다. "내 사모의 머리채 풀어 푸른

하늘에 날리고"(「봉수대」), "사랑은 주는 자와 받는 자/모두에게 떨림과 멈춤이 반복되는/가늠할 수 없는 황홀한 절정 같은 것"(「빈 꽃자리」), "나의 마음 판을 맴돌며 흐르는/사랑의 원운동을 한다"(「그대의 시간」), "당신은 내 마음의 원천에/사랑을 부어 범람시키고 청포를 단 돛배로/은은히 다가오는 밀어의 만선입니다"(「난」)처럼 시적 자아는 타자를 지향한다. 사랑은 우리가 삶이라는 여정에서 수행해나가야 하는 가장 고귀하고 아름다운 가치 중의 하나이다. 그러나 아이러니하게도 '초연결사회'라고 하는 현대사회에서 사랑은 점점 사라지고 있다. 주체는 자기만의 벽을 쌓고 고립되거나, 타자를 위해서 자아의 자리 한쪽을 내어주지 않는다. 다만 타자를 소비하거나 도구화할 뿐이다. 나동환 시인은 '사랑'의 가치를 회복하려고 한다. 우리의 내면을 충만함과 합일의 세계로 인도하는 시 한 편을 보자.

이 꽃망울 터지면
흰 꽃술 숱하게 피어
저 무거운 하늘
거뜬히 떠 일 수 있겠네
사랑의 하얀 영토
꽃그늘 아래
꽃사슴 또래 산짐승들 모여
여린 풀꽃잎 고소한 맛
얘기하겠네
흰 구름도 여기
살포시 내려앉아

하루 종일 뒹굴다 가겠네

— 「산벚나무」 부분


시인은 산벚나무에서 "사랑의 하얀 영토"를 꿈꾼다. 또한 뭇
존재들이 "꽃사슴"처럼 무구한 마음으로 연결되고 하나가 되
는 상상을 한다. 타자를 위해서 자아의 자리를 내어주는 사랑
처럼 나동환 시인은 "마음과 마음이 접착하는/최상의 자리 하
나 꿈꾸"(「최상의 자리」)며 세계와 대상을 오래도록 바라볼 것
이다. 그리고 자신의 마음을 내어주고 그 자리에 대상을 들여
놓으며 합일되는 꿈을 꿀 것이다, 그 꿈으로 하여 나동환의
시는 원융무애의 꽃이 될 것이다. 저잣거리에서도 때 묻지 않
고 대자유의 한 송이 꽃 같은 시.

나동환 시인은 이 원융무애의 사랑의 꽃을 피우기 위해 '나'
를 내려놓고 목소리를 낮춘다. 강과 산, 바다 등 자연을 대상
으로 보지 않고 나와의 합일을 꿈꾼다. 이는 그의 시가 주객
체를 동그랗게 하나로 그려내는 목소리임을 보여준다. 따라
서 그에게 시는 공화(空花)가 아니라 생생한 한 송이 꽃으로서
피워 올린다. 건필을 빈다.

# 나동환 羅東煥

　세모시의 고장 충남 서천 한산 구슬다리에서 태어나 유년을 보내고 군산고등학교, 공주교육대학교, 경희대학교 교육대학원을 졸업(교육행정 전공), 초등학교 교사, 교감, 교장으로 40년간의 교직생활을 하였다. 10년간 경희대학교 교육발전연구소 상임연구원으로 활동을 하면서『교육행정 및 교육경영론』『교육조직 발전론』등 교육 전문서와 대학, 대학원 교재를 저술하였다.

　2000년『순수문학』에서 시로, 2018년『시사문단』에서 소설로 등단하면서부터 자연과 인간, 다양한 삶의 현상적 소재로 문학의 영토를 넓히고 자투리 사유의 여백을 두며 작품을 쓰고 있다. 그동안 영랑문학상, 풀잎문학상 대상 등을 수상하였다. 대표 시집으로는『하얀 목련 앞에서』, 대표 소설로는『꽃사슴 인형』(한글 영문 소설)『달빛 창 하나』『빨간 끈 펜 흰 운동화』등이 있으며 기타 문집으로『예쁜 무늬 박힌 커튼』등이 있다 .

　현재 국제펜클럽과 한국시사문단작가회의 회원으로 활동하고 있다.